C_____ s,
bienvenue dans le monde de

Geronimo Stilton

Texte de Geronimo Stilton
Couverture de Larry Keys
Illustrations intérieures : idée de Larry Keys, *réalisées par* Ratterto
Rattonchi
Maquette de Merenguita Gingermouse
Traduction de Titi Plumederat

Les noms, personnages et intrigues de Geronimo Stilton sont déposés. Geronimo Stilton est une marque commerciale, licence exclusive des Éditions Piemme S.P.A. Tous droits réservés.
Le droit moral de l'auteur est inaliénable.

www.geronimostilton.com

Pour l'édition originale :
© 2000 Edizioni Piemme S.P.A. Via del Carmine, 5 – 15033 Casale Monferrato (AL) – Italie
sous le titre *Il castello di Zampaciccia Zanzamiao*
Pour l'édition française :
© 2005 Albin Michel Jeunesse – 22, rue Huyghens – 75014 Paris – www.albin-michel.fr
Loi 49 956 du 16 juillet 1949 sur les publications destinées à la jeunesse
Dépôt légal : premier semestre 2005
N° d'édition : 13149
ISBN : 2 226 15789 1
Imprimé en France par l'imprimerie Clerc à Saint-Amand-Montrond

Stilton est le nom d'un célèbre fromage anglais. C'est une marque déposée de Stilton Cheese Makers' Association. Pour plus d'information, vous pouvez consulter le site www.stiltoncheese.com

Geronimo Stilton

LE CHÂTEAU
DE MOUSTIMIAOU

ALBIN MICHEL JEUNESSE

GERONIMO STILTON
SOURIS INTELLECTUELLE,
DIRECTEUR DE *L'ÉCHO DU RONGEUR*

TÉA STILTON
SPORTIVE ET DYNAMIQUE,
ENVOYÉE SPÉCIALE DE *L'ÉCHO DU RONGEUR*

TRAQUENARD STILTON
INSUPPORTABLE ET FARCEUR,
COUSIN DE GERONIMO

BENJAMIN STILTON
TENDRE ET AFFECTUEUX,
NEVEU DE GERONIMO

C'ÉTAIT UNE
NUIT D'OCTOBRE
BROUILLARDEUSE...

C'était une nuit d'automne brouillardeuse.
Ah, j'aurais donné n'importe quoi pour être chez moi !

Et voilà que je me trouvais au cœur de la **FORÊT-OBSCURE**... Vous avez envie de savoir pourquoi ? Laissez-moi vous raconter !

Mais, avant toute chose, je me présente : mon nom est Stilton, *Geronimo Stilton*.

Je dirige le quotidien le plus lu de l'île des Souris, *l'Écho du rongeur.*

J'avais donc quitté Sourisia pour aller rendre visite à ma

tante Toupie, qui passait ses vacances au pic du Putois. Pour arriver là-bas, il me fallait traverser la Forêt-Obscure, une forêt touffue, impénétrable, dans la vallée des Vampires vaniteux.

J'avais déjà franchi depuis un bon bout de temps le col du Chat las, quand je m'enfonçai dans un épais, un très épais **BROUILLARD**. C'est à peine si je voyais le bout de mon museau !

J'essayai de me repérer sur la carte, mais, une fois atteint le col de la Lampe éteinte, je compris que je m'étais bel et bien perdu !!!

En effet, la route était de plus en plus étroite et se transformait peu à peu en un simple chemin de terre.

J'essayai de téléphoner à ma sœur Téa, mais il n'y avait pas de réseau.

Ah, j'aurais donné n'importe quoi pour être chez moi !

Je poursuivis pendant une demi-heure dans cette épaisse purée de pois, jusqu'à une bifurcation.

Dans le brouillard, comme par magie, je distinguai un panneau noir :

Vers le château de Moustimiaou

Ahuri, je vérifiai sur la carte.

– *Par mille mimolettes…* bizarre ! Je ne vois aucun **château** d'indiqué !

Je repliai la carte et la rangeai dans la poche de mon manteau.

Je décidai de tourner à gauche pour aller demander ma route au château.

Mais, soudain, le ciel fut déchiré par un **ÉCLAIR** qui tomba tout près de moi ! La foudre illumina la silhouette d'un château en ruine, aux tourelles aiguisées comme des couteaux. C'est à ce moment précis que la voiture tomba en panne !

La foudre illumina la silhouette d'un château…

Je n'aurais jamais dû avoir confiance dans une voiture prêtée par mon cousin Traquenard ! Je descendis. Je ne savais pas quoi faire. Il se mit à pleuvoir et, en un instant, j'eus les moustaches **DÉGOUTTANTES** de pluie.
Et il faisait un de ces froids !
Je m'essuyai les moustaches, hésitant. Puis je relevai le col de mon manteau et remontai le sentier caillouteux qui conduisait au château.

Un vent glacial sifflait, soulevant en l'air les feuilles mortes du dernier automne...

Le sentier était jonché de branches mortes, qui craquaient sous mes pattes. Depuis combien de temps n'avait-il pas été déblayé ?
Peut-être le château était-il abandonné...

UN CHAT CABRÉ
COULEUR ROUGE FEU

Le château était entouré d'une forêt dont les arbres entremêlaient leurs branches tordues. Les murailles étaient bâties en grosses pierres **CARRÉES**, noircies par les années : çà et là s'ouvraient des meurtrières, protégées par d'**ÉPAISSES** barres d'acier. Les carreaux, aux fenêtres du château, étaient rouge sang !

Dans la tour la plus haute, une lumière s'alluma : dans l'obscurité, on aurait dit l'œil flamboyant d'un monstre nocturne.

Ah, j'aurais donné n'importe quoi pour être chez moi !

Sur le toit flottait un étendard avec un **chat cabré couleur rouge feu**... Mon pelage se hérissa de peur.

Sur le toit flottait un étendard...

Devant la porte se dressaient deux statues de félins cabrés et montrant leurs crocs. Au pied d'une statue, je vis un écriteau :

Si à la porte du château tu veux sonner… dans la gueule du chat, le doigt tu dois glisser !

Je regardai mieux : en effet, à l'intérieur de la gueule du chat, il y avait un bouton jaune !

En **frissonnant**, je glissai le doigt dans la bouche de la statue et appuyai sur la sonnette.

MIAOOOOUUUUUU !!!

Un épouvantable miaulement me perça les tympans.

Je pris mes pattes à mon cou, terrorisé... et je me cachai derrière un buisson.

Je cherchai des yeux le chat qui venait de miauler.
Il devait être **énorme** !

Il me fallut plusieurs minutes avant de comprendre : c'était un miaulement *enregistré* ! C'était le bruit que faisait la sonnette !

Je m'approchai de nouveau de la porte.

Comme par magie, elle s'ouvrit.

Euh, je n'avais aucune, mais vraiment aucune envie d'entrer...

À cet instant précis, la **FOUDRE** tomba à quelques pas de moi.

Je n'osais pas m'aventurer à l'intérieur, mais ne pouvais pas non plus rester à l'extérieur.

Je pris mon courage à deux pattes et poussai la porte.

Scouiiit ! quelle peur, quelle trouille, quelle frousse...

Ah, j'aurais donné n'importe quoi pour être chez moi !

JE TIENS À MES MOUSTACHES, MOI !

J'avais tellement peur que je claquais des dents, mais je pénétrai quand même dans un vestibule sombre et **TÉNÉBREUX**.
Soudain, la foudre tomba juste à côté du château, et l'éclair fit resplendir d'une lueur rougeâtre toutes

les fenêtres, qui clignèrent comme des yeux de félins affamés.

Je sursautai. Scouittt ! Quelle frousse !

Je suivis un étroit et sombre couloir.

Je parvins devant une porte à deux battants, l'ouvris et entrai en murmurant :

– Vous permettez ? Il y a quelqu'un ?

J'étais dans un immense salon aux murs couverts de boiseries. Comme tout le château, cette pièce aurait bien eu besoin d'être restaurée. Le plâtre se **craquelait**, les meubles anciens étaient tapissés de poussière et de toiles d'araignée…

Malgré les ravages du temps, le plafond du dix-huitième siècle était encore peint de splendides fresques représentant des hordes de félins en armure. Comme j'étais content de ne pas avoir vécu à cette époque ! Il y avait, à mon goût, un peu trop de chats en circulation !

Je vis une tapisserie sur laquelle était brodée cette inscription :

Cestuy castel appartient à noble famille des marquis Moustimiaou.

Moustimiaou ? Ça me disait quelque chose… Ah oui ! C'est en 1752 que s'était déroulée la fameuse bataille de Ratoléon, qui avait mis un terme à la grande guerre entre les chats et les rongeurs. Nul n'ignore que les rongeurs avaient gagné, et c'est pourquoi, depuis lors, il n'y a plus de chats sur l'île…

Je m'approchai pour examiner la cheminée et découvris qu'une phrase y était gravée :

MALHEUR AU RONGEUR QUI DANS LE CHÂTEAU EST ENTRÉ, CAR IL NE TARDERA PAS À COMPRENDRE QU'IL S'EST TROMPÉ, IL VERRA QU'IL A FAIT UNE GROSSE ERREUR, QU'IL PARTE VITE S'IL NE VEUT PAS QU'IL LUI ARRIVE MALHEUR… MIAOUUU !!!

Je frissonnai et fis un pas en arrière…

C'est ainsi que je heurtai une bibliothèque qui se trouvait dans mon dos.

Un lourd volume relié en cuir me tomba sur la patte droite.

– Scouuuiittttt !!!!!

– Aïïïïïïïïïïïe ! hurlai-je en sautillant sur ma patte indemne.

Je trébuchai
contre le tapis et
tombai la tête la
première dans
la cheminée
pleine de suie.
Pour tenter
de me sortir
de là, je m'agrippai de la patte droite au rebord
de la cheminée. Ce faisant, j'attirai à moi un
napperon de dentelle sur lequel
était posé un
LOURD plat
d'argent, qui
me cogna sur
l'oreille gauche.
À moitié éva-
noui, je sortis
de la cheminée
et me relevai à
grand-peine…

Mais j'eus alors le tort de m'appuyer à l'armure qui se dressait à côté de la cheminée ! Elle s'effondra à terre. Une grande lame aiguisée m'effleura le museau et me rasa presque les moustaches à zéro.

JE TIENS À MES MOUSTACHES, MOI !!!

Je me relevai, hagard, mais à peine étais-je sur mes pattes que mon regard tomba sur le miroir accroché à côté de la cheminée.

Dans la pénombre, je vis **UN HORRIBLE FANTÔME AU MUSEAU GRIS**...
Je poussai un cri de terreur !!!
Puis je regardai mieux et balbutiai :
– Mais ce... euh, ce... c'est moi !

Je me dis que j'étais vraiment un gros nigaud.
Ah, j'aurais donné n'importe quoi pour être chez moi !

OS DE SOURIS
ET SQUELETTE DE RAT

Je sortis du salon, trottinai le long d'un nouveau couloir et tombai sur une porte de bois sur laquelle était gravé le mot :

CUISINE

J'entrai. La cuisine du château était immense.

Le sol était pavé de larges dalles. Aux murs étaient fixées des étagères sur lesquelles étaient posés les ustensiles.

Assiettes, couverts, casseroles, marmites...

J'ouvris une porte, descendis quelques marches et pénétrai dans une salle souterraine : le garde-manger. Il y avait là quelques provisions : des bocaux de verre contenant des légumes en conserve, de maigres saucisses accrochées au plafond... Je repris des couleurs en découvrant une meule parfumée de *fromage affiné*.

Le château était habité ! Mais par qui ? Mystère…
Au fond de la cuisine, il y avait une grande cheminée, si grande qu'on pouvait y tenir debout. À l'intérieur était suspendu un chaudron de cuivre couvert de suif, sur les flancs duquel était gravé un chat CABRÉ.

Je plongeai mes regards dans le chaudron poussiéreux et y découvris, au fond, un drôle d'objet blanchâtre… Je l'approchai de mon museau pour mieux l'étudier, mais, aussitôt, je poussai un cri :

– Scouitttt !

C'était un **Os**… un os de souris !

Je regardai autour de moi, terrorisé.

Où étais-je donc ?

Je décidai de m'enfuir et j'ouvris la première porte que je trouvai, mais je compris aussitôt que c'était celle d'une armoire : à l'intérieur, il y avait un SQUELETTE DE RAT !

Ah, j'aurais donné n'importe quoi pour être chez moi !

... je compris aussitôt que c'était la porte d'une armoire !

Tu vas trembler
comme une feuille !

Frissonnant, je refermai brusquement l'armoire et sortis de la cuisine en courant.

Vous l'avez sans doute compris, je ne suis pas une souris très **COURAGEUSE**.

Je me réfugiai dans la bibliothèque du château, le cœur battant.

J'entendis un grincement bizarre, *scriiiiiiic...* Cela provenait d'un rayonnage.

Je m'approchai pour voir ce que c'était... et je me retrouvai museau à museau avec le **FANTÔME** d'un félin !!!

Le fantôme avança d'un pas, traînant ses chaînes qui résonnèrent lugubrement sur le pavé.

Je l'entendis miauler :

– Miaooooooouuuuuuuuuuuu !
Je suis le fantôme de Pattaucercueil
Et toi, tu vas trembler comme une feuille !
Je suis un spectre, pas un fantoche,
Je te garantis une sacrée pétoche !
Numérote tes poils de moustaches, rongeur,
Car tu vas t'en épiler de peur !!!

J'entendis de nouveau le grincement :

SCRIIIIIIIIIIIIC...

Le fantôme disparut comme
par magie.
Ah, j'aurais donné
n'importe quoi pour
être chez moi !

GERONIMO ! TOUJOURS AUSSI HYSTÉRIQUE !

Je me ruai sur la porte de sortie et me précipitai au-dehors en criant :

– **AU SECOUUURS** !

Je hurlai à en perdre haleine, mais, hélas, il n'y avait là personne qui pût m'aider. Mes moustaches étaient ruisselantes de pluie, mais personne ne vint à mon secours. J'étais seul, seul au milieu de la forêt.

Ah, j'aurais donné n'importe quoi pour être chez moi !

C'est alors que mon téléphone portable sonna.

Je décrochai d'une patte **TREMBLANTE** et hurlai :

– Scouitttttttttttt !!! Qui est à l'appareil ?

Ma sœur Téa répondit, nullement impressionnée :

– Geronimo ? Où es-tu ? Que t'arrive-t-il ?

Je balbutiai :

   – L'**os**, enfin le **château,**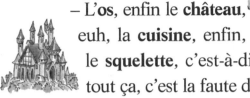
     euh, la **cuisine**, enfin,
     le **squelette**, c'est-à-dire l'**armure**,
     tout ça, c'est la faute du **brouillard**,
     je veux dire du **panneau**, parce
     que j'ai vu une lueur rouge à la **fenêtre**,
     il n'y a personne, et alors pourquoi
     la voiture de Traquenard est-elle
     tombée en panne, scouiiiiit, j'ai
peur, au secours, viens me sauver !!!

Ma sœur (qui se vante de ne jamais perdre son **sang-froid**, pas même dans les situations d'urgence) ordonna :

– Geronimo ! Tu es toujours aussi hystérique ! Pour commencer, tu vas me dire où tu te trouves !

Je murmurai :

– Euh, je n'en sais rien, je suis au milieu d'une forêt, après le col du Chat las, mais je me suis trompé de route… Je suis entré dans un château et il n'y a personne…

Elle me gronda :

– Tu fais bien des histoires pour pas grand-chose ! Puisque tu es dans un château, va vite au dodo et fais de beaux rêves ! Demain matin, quand le brouillard se sera dissipé, tu pourras retrouver la route principale... C'est simple, non ?

Je bredouillai :

– Mais ma voiture est en panne ! Et puis je ne veux pas dormir ici ! Le château est abandonné ! J'ai peur ! Ici, il fait **tout noir** !

Elle marmonna :

– Noir, noir... tu t'en moques, qu'il fasse noir, puisque tu dois aller dormir ! Allez, pour une fois, ne sois pas froussard ! Tu as de quoi manger ?

– Euh, oui, il y a du **fromage**...

– Il y a du fromage ? Alors grignote un morceau, tu verras, ça te fera du bien, tu te sentiras mieux avec un peu de fromage dans le ventre. C'est quoi, du fromage frais ou de l'affiné ?

– Euh, de l'affiné, je crois, murmurai-je.

– Voyez-vous ça ! Du fromage affiné ! Que veux-tu de plus ?

» **Un beau château,**
du fromage affiné…

Je hurlai :

– Mais il y a un **Os** de souris dans la cuisine !
Et même un squelette de rat !

Elle chicota :

– Des os… des squelettes… tu ne vas pas en faire une jaunisse… Ce n'est peut-être qu'un os de poulet… Allez allez allez, je te connais bien, gros froussard ! Va te coucher, moi, je dois finir de prendre mon bain.

J'entendis un clapotis : c'était Téa qui se retournait dans sa baignoire.

Je m'écriai :

– Mais j'ai peur !

Puis je perçus un bruit qui venait du salon et je baissai la voix :

– J'ai peur ! Euh, tu ne vas pas me croire, mais, euh, je viens de voir un fantôme.

Téa couina :

– Je ne t'entends plus ! Parle plus foooort !

Je repris, tout bas :

– Je te dis que j'ai vu un fantôme !

Elle changea brusquement de ton :

UN FANTÔME ? Tu as bien dit UN FANTÔME ?

Je chuchotai, exaspéré :

– Oui, j'ai bien dit un fantôme…

Elle poursuivit :

– Mais un vrai fantôme… ou un de ces trucs pour touristes ?

– Euh, un vrai fantôme, très très vrai, on ne peut plus vrai, je ne te raconte pas la frousse que j'ai eue…

Elle insista encore :

– Hummm, tu es sûr ? Sûr et certain ?

Je répétai, excédé :

– **Évidemment que je suis sûr ! Je l'ai vu ! Je l'ai parfaitement vu, parole de rongeur !**

Elle grommela :

– Hummm, tu avais tes lunettes ?

Je murmurai :

– Ouiiii, bien sûr que je les avais !

Elle hurla si fort que je dus écarter le téléphone de mon oreille :

Tu ne pouvais pas le dire plus tôt, **GROS NIGAUD DE MULOT** ? S'il y a un scoop à faire sur un fantôme, j'attrape mon appareil photo et je rapplique...

EN QUATRIÈME VITESSE !

J'en profiterai pour faire quelques photos, j'ai besoin d'un reportage pour la semaine prochaine. Tu vas voir le nombre d'exemplaires qu'on vendra ! Salut !

Et elle me raccrocha au museau.

Je restai un moment en silence, le téléphone à la patte.

Soudain, je fus frappé par une pensée.

– Par mille mimolettes... Aujourd'hui, c'est le 31 octobre. Aujourd'hui, c'est... *halloween*, la nuit des sorcières !

Ah, j'aurais donné n'importe quoi pour être chez moi !

LES YEUX
DU CHAT

J'essayai de rappeler Téa, mais je n'arrivai plus à obtenir la ligne.

Que faire ?

Je décidai de suivre son conseil et d'aller me coucher.

Je pris mon courage à deux pattes et montai lentement l'escalier qui conduisait à l'étage supérieur : les marches craquaient sous mes pas.

J'avais trouvé une bougie dans l'antichambre : je l'allumai et, à la **tremblante lueur de cette flamme**, je gravis ces marches grinçantes…

Je passai en revue une série de riches cadres dorés avec les portraits de la famille Moustimiaou.

... à la tremblante lueur de cette flamme,

je gravis ces marches grinçantes…

En passant devant Pattaucercueil Moustimiaou, j'eus l'impression que quelqu'un était en train de m'épier.

Je me retournai brusquement : rien !

Je montai encore quelques marches. Et pourtant…

Je me retournai de nouveau : cette fois, j'en étais sûr, quelqu'un m'observait !

Je vis briller les yeux du portrait de Pattaucercueil, comme s'ils étaient vrais.

Oui, maintenant, j'en étais certain : ils me suivaient pendant que je gravissais l'escalier !

J'examinai soigneusement les yeux du portrait : ils étaient troués !

Quelqu'un était bien en train de m'épier !!!

Je m'élançai dans le couloir obscur et ouvris la première porte que je trouvai.

Je la claquai derrière moi, haletant.

Je la claquai derrière moi, haletant.

LA NOBLE LIGNÉE
DES MOUSTIMIAOU

Quelle peur ! Quelle frousse ! Quelle trouille !

Je regardai autour de moi et, à la lumière de la bougie, j'examinai la pièce. Elle était entièrement peinte en noir...

Elle était tapissée de toiles d'araignée qui semblaient vieilles de plusieurs siècles. Au centre, un énorme lit à baldaquin, avec des rideaux et des draps noirs tout mités.

Sur la tête de lit était sculpté un nom :

Pattaucercueil Moustimiaou.

À la gauche du lit se dressait une grande armoire et, en face, une cuvette en porcelaine pour la toilette, avec les initiales *P. M.* Il y avait aussi une cheminée de marbre. Je m'aperçus que la pièce donnait sur un laboratoire, plein de livres de 𝖒𝖆𝖌𝖎𝖊. Je fermai la porte à clef, puis, pour plus de sécurité, je me barricadai en poussant devant un gros coffre. Je m'étendis sur le lit. Je doutais d'arriver à fermer l'œil de la nuit. Pour me distraire, je pris un livre au hasard sur l'étagère et commençai à le lire.

Il s'intitulait : HISTOIRE VÉRITABLE DE L'ANTIQUE LIGNÉE DES MARQUIS MOUSTIMIAOU, OU LES SECRETS D'UNE NOBLE FAMILLE FÉLINE NARRÉS DANS SES DÉTAILS LES PLUS SCANDALEUX ET LES PLUS CROUSTILLANTS. En feuilletant l'ouvrage, je reconnus les personnages dont les portraits étaient accrochés au long de l'escalier.

Scouittt !

Je commençai ma lecture, intrigué...

MARQUIS PATTEBLANCHE
Fondateur de la dynastie des Moustimiaou.

MARQUISE MÈRE PATTOUNARDE MOUSTIMIAOU
Son manteau en fourrure de rat musqué était célèbre (elle le porte sur ce portrait). Elle avait un caractère redoutable et commandait à la baguette ses enfants, ses petits-enfants et ses arrière-petits-enfants.

MARQUIS PATTAUCERCUEIL MOUSTIMIAOU
Il avait une patte coupée. Il s'illustra par sa vaillance dans la bataille entre les rats et les félins. On dit qu'il était capable de flairer une souris à un kilomètre de distance et qu'il portait au cou, comme une amulette, un collier de griffes de rat.
La légende raconte qu'il était versé dans les sciences magiques et que, aujourd'hui encore, son fantôme erre dans le château de la famille…

MARQUIS PATTECOURTE MOUSTIMIAOU

Dit « Le Parcimonieux », il était célèbre pour sa radinerie. Il restaura le château aux frais de ses parents.

MARQUISE PATTEROSE MOUSTIMIAOU

Charmante petite chatte, elle épousa le baron Félinon, dont elle eut trois enfants : Félinet, Félinette et Félinou Moustimiaou, qui sont représentés à ses côtés sur ce portrait.

MARQUIS PATTELONGUE MOUSTIMIAOU

Arrière-petit-fils de Pattounarde Moustimiaou, il était réputé pour son élégance. Il adorait les paris, et c'est lui qui dilapida le patrimoine de la famille.

SUR LA POINTE
DES PATTES...

Je venais de m'assoupir, quand j'entendis un bruit qui venait du laboratoire de magie.
SCRIIIIIC...
– Qui est-ce ? Qui va là ? demandai-je, le cœur battant.
Pour toute réponse, je n'entendis qu'un perfide éclat de rire félin.
– Miaouuuu... miaula quelqu'un de l'autre côté du mur.
Le FANTÔME !
– Au secouuuuuuuuurs ! hurlai-je, terrorisé.
Je me levai, allai ouvrir la porte, puis, sur la pointe des pattes, me glissai hors de la chambre et détalai dans le couloir obscur.
Mon cœur battait la chamade quand je dévalai

l'escalier jusqu'au vestibule. Brusquement, la foudre s'abattit très près du château. Les carreaux rouges s'illuminèrent dans la nuit. Une silhouette **sombre** apparut et se découpa à

contre-jour devant une fenêtre, me barrant le passage. Puis elle me pinça la queue en hurlant :

– Bouh !

Je m'écriai :

– Scouiiiiiiiiiiiitt !

Quelle peur, quelle frousse, quelle trouille !

PUIS, NATURELLEMENT, JE M'ÉVANOUIIIS.

C'ÉTAIT POUR RIRE, C'ÉTAIT POUR RIRE !

Je revins à moi parce qu'on était en train de me donner une série de petites gifles.

Je murmurai :

– Le... le **FANTÔME**... Le marquis Pattaucercueil...

J'ouvris les yeux et me retrouvai museau à museau avec ma sœur Téa.

Elle chicota, les moustaches **vibrant** de curiosité :

– Alors, tu l'as vu ? Hein ? Tu l'as vu ? Il existe pour de bon ?

Je balbutiai :

– Oui, bien sûr, je l'ai vu comme je te vois,

il m'a pincé la queue et il m'a même fait **Bouh** !

J'entendis quelqu'un glousser et je me retournai : c'était mon cousin Traquenard. Il ricana sous ses moustaches :

– Cousin, tu avais oublié tes lunettes ? C'est moi qui t'ai pincé la queue, pas le fantôme !

Je me relevai, furieux, et j'essayai de l'attraper. Il s'échappa en sautillant et en ricanant :

– C'était pour rire, c'était pour rire, c'était pour rire…

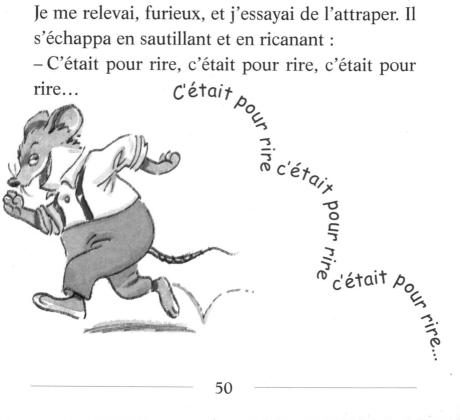

C'était pour rire c'était pour rire c'était pour rire…

IL N'Y A QU'UN SEUL TROUILLARD : C'EST TOI, GERONIMO !!!

C'est alors que quelqu'un me saisit par la veste. Je me retournai : c'était Benjamin, mon neveu *préféré*.

– Oncle Geronimo, je suis si content de te voir !
Je protestai :
– Téa, tu n'aurais jamais dû l'amener ici, Benjamin est trop petit, il pourrait avoir peur !
Mon cousin me fit un clin d'œil.
– Mais non, il n'aura pas peur. Il n'y a qu'un seul

trouillard, dans la famille : c'est toi, Geronimo !
Ma sœur était surexcitée.
– Alors, Geronimo, où il est, ce fantôme ? Je n'ai pas de temps à perdre, moi, je te préviens !

Je répétai :

– Je te jure que je l'ai vu de mes yeux ! Puis il a brusquement disparu !

Traquenard ricana :

– Tu l'as vu de tes yeux… de tes yeux de *bigleux* ? Tu avais tes lunettes, Geronimo ? Hein ? Tu les avais sur le museau ? Tu les avais, oui ou non ? Hein ? Avoue !

Puis, pour faire le malin, mon cousin me pinça de nouveau la queue.

J'essayai de l'attraper, mais il me fit un **pied de nez** et s'enfuit vers la bibliothèque.

LE CLOU MYSTÉRIEUX

Nous décidâmes d'explorer le château.

– Hummm, s'il y a vraiment un fantôme là-dedans (comme le prétend Geronimo), alors nous allons l'attraper... dit Téa.

Je m'empressai de confirmer :

– Mais bien sûr qu'il y a un fantôme ! Je l'ai parfaitement vu !

Téa prépara son appareil photo et chicota :

– Et où se trouve ce SQUELETTE DE RAT dont tu me parlais au téléphone ? J'ai bien envie d'en faire quelques photos, comme ça, par curiosité...

Je la guidai vers la cuisine et regardai anxieusement dans le chaudron.

– L'os de souris était là-dedans...

Mais il n'y avait plus rien... bizarre !

Je me jetai sur l'armoire et l'ouvris.
Le **SQUELETTE** n'y était plus !!!
J'étais ébahi.
– Mais... mais... pourtant... je vous assure... je l'ai vu... je l'ai vu très nettement... il était là...
Téa soupira :
– Pfff, tu ne changeras donc jamais, Gerry !
Traquenard ricana :
– Je suis prêt à parier ma queue que tu as aussi vu un morceau de fromage volant... Tu en as vu un, hein, cousin ? Tu n'as jamais vu un morceau de fromage avec des ailes ? Et dis-

moi, c'était du fromage à trous,
du **camembert**
ou du **roquefort** ?

Ça m'intéresse, tu comprends…
J'allais lui répondre sur le même ton,
mais mon neveu me tira par la manche et me fit
signe de laisser tomber.
Il me désigna un clou planté dans la partie supé-
rieure de l'armoire.
– Hummm, tu as vu, oncle Geronimo ? Un
clou… On avait peut-être bien accroché quelque
chose ici, il n'y a pas si longtemps…
Puis, d'un air mystérieux, Benjamin prit des
notes sur son carnet.

TU ES VRAIMENT UN GROS NIGAUD DE NIGAUD !

Je n'étais pas très chaud pour explorer le château.

– Euh, allez-y, vous… je vous attendrai ici ! proposai-je.

Téa chicota :

– Ah non, trop facile, frangin ! Tu commences par me faire venir ici, tu me promets un squelette et un fantôme, et puis plus rien du tout ! Moi, ce fantôme, il me le faut !!! J'en ai besoin pour mon scoop ! Compris ???

Puis elle se mit à donner des ordres :

– Moi, j'explore la cuisine, Traquenard le salon, Benjamin l'armurerie et Geronimo la bibliothèque !

Je soupirai. Tandis que les autres s'éloignaient, je me dirigeai tout penaud vers la bibliothèque. J'avais à peine tourné au coin du couloir qu'un fantôme se dressa devant moi, agitant son drap et hurlant :

– Aaaaaaaaaaaaaaaaaaaaaaaah ! Je suis le fantôme Cancoillotte... Si je t'attrape, je te tartine sur une biscotte !

– Le fan... fan... fantôme... bredouillai-je, avec la tête qui tournait d'**ÉMOTION**.

Puis j'entendis quelqu'un ricaner : c'était Traquenard, qui, triomphant, sortit de sous le drap.

– C'était pour rire, c'était pour rire, c'était pour rire... Je t'ai bien eu, cette fois, hein ? Tu es vraiment un gros nigaud de nigaud, Geronimo !!!

J'avais les moustaches qui se tortillaient de rage et je lui courus derrière pour lui dire ses quatre, ou plutôt ses huit, ou même ses seize vérités, mais il s'échappa de la bibliothèque en claquant la porte.

Je préférai laisser tomber.

J'entrepris d'explorer la bibliothèque du château : il y avait des milliers de volumes ! Et ils étaient tous passionnants ! Il y avait d'innombrables livres sur l'histoire des chats.

Ah, j'étais vraiment heureux de ne pas avoir vécu à l'époque où notre île était encore sous la domination des félins !

Félin de l'époque romaine

Félin barbare

Je pris un ouvrage au hasard ; il s'intitulait…
Les Secrets de la chasse à la souris : de la simple tapette à souris à la guerre psychologique, tous les trucs, toutes les astuces pour attraper des rongeurs qui sont rusés, très rusés…
Je frissonnai en reposant ce volume.

Félin du Moyen Âge

Félin du dix-huitième siècle

Je pris un ouvrage au hasard...

J'en ouvris un autre : *Recettes économiques et rapides pour cuisiner la souris.*
Mon pelage se hérissa…

Brochettes de souris à la sauce aigre-douce

Consommé de moelle de souris

Rat rôti au romarin avec pommes de terre rissolées

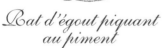

Rat d'égout piquant au piment

Tarte suprême au chocolat avec queues de rat confites en garniture

LE MYSTÈRE
DU FANTÔME DISPARU

C'est alors qu'un bruit s'éleva derrière le rayonnage des livres d'histoire. Puis un miaulement :

– Miaoooouuuuuuuuuuuuoooooooooo !!!

Sans lever la tête, je couinai :
– Traquenard, arrête tes plaisanteries !
Le miaulement se poursuivit :
– Miaoooouuuuoooo !!!
Je marmonnai :
– Ça suffit ! Les meilleures plaisanteries sont les plus courtes !
J'entendis un grincement : scriiiiiic...
Je levai la tête en murmurant :
– Traquenard, tu n'es vraiment pas drô...
Je bondis sur mon fauteuil et hurlai :

– Scouiitttttt !!! Là, devant moi, le fantôme !!!
Je le regardai bien : il était vêtu d'une armure
d'acier, il avait une tête de félin et une patte en
moins... C'était sûrement le fantôme de
Pattaucercueil !
Il était tout BLANC, de la tête aux pieds !
Moi aussi, j'étais blanc, mais de peur ! J'étais
blanc comme un camembert !!!
Ah, j'aurais donné n'importe quoi pour être chez moi !
Soudain, le fantôme glissa derrière le rayonnage
des livres d'histoire.
J'entendis de nouveau le grincement :

SCRIIIIIC...

PRENDS GARDE, JE VAIS T'ARRACHER LES MOUSTACHES !!!

Je détalai dans le couloir en criant :

– Au secouuuuuuuurs ! Sauvez les souris ! Il y a un fan-fantôme !!!

Une patte se posa sur mon épaule et je hurlai :

– Scouitttttttttttttttttttttttt !!!!!!!!!

C'était ma sœur Téa qui s'exclama, les moustaches vibrant d'excitation :

– Où ça ? Où ça ? Tu l'as vu ? Hein ???

Je balbutiai, hébété :

– Le fantôme !

Elle : – D'accord, mais où ?

Moi : – Tout BLANC… même les moustaches…

Elle : – Où ça ???

Moi : – Une patte coupée…

Elle : – Où çààààààà ?

Moi : – Avec une armure…

Elle : – Geronimooo ! Où l'as-tu vu ????

Où ? Où ? Où ?

Je repris mes esprits et murmurai :

– Où l'ai-je vu ? Euh, dans la bibliothèque… derrière le rayonnage des livres d'histoire…

Elle attrapa son appareil photo et partit au pas de course. Je la suivis, mais, quand nous arrivâmes dans la bibliothèque, il n'y avait plus rien !!!

Téa était furieuse.

– Geronimo ! Dis-moi la vérité : tu l'as vraiment vu ? Il y avait vraiment un fantôme ?

Je continuai de répéter :

– Bien sûr que je l'ai vu ! Pour sûr, je l'ai vu !

J'entendis un petit rire. C'était Traquenard, qui se moquait :

– Je l'ai vu, je l'ai vu, c'est vite dit ! Tu l'as vu

comment ? Avec ou sans tes lunettes ? Et puis, excuse-moi de te demander ça, mais, même avec tes lunettes, tu y vois comment ? Par exemple, j'ai combien de doigts, là ? Hein ? Combien ?

– Quatre ! hurlai-je, exaspéré. J'y vois parfaitement, tu sais. Avec mes lunettes, j'y vois aussi bien que toi !

– Bah… si tu le dis… ricana-t-il. Mais moi, je ne raconte pas partout que je vois des FANTÔMES… Peut-être n'as-tu vu qu'un drap qu'on avait étendu pour le faire sécher… ou une nappe… une serviette… ou même un mouchoir ???

Cependant, Téa criait, furieuse :

– Geronimooo ! Si tu oses encore me faire une blague de ce genre, je t'arrache les moustaches !
Je protestai :
– Mais je ne plaisante pas !
Benjamin prit ma défense :
– Si oncle Geronimo dit qu'il l'a vu, eh bien, c'est **VRAI** !
Mais personne ne l'écouta.
Alors il se mit à examiner le sol de la bibliothèque.
– Qu'y a-t-il, Benjamin ? Tu as trouvé quelque chose ?
Il désigna des traces sur le parquet : c'était des **GRIFFURES**…
Peut-être les marques laissées par les chaînes du fantôme ?
Je vis que mon neveu prenait des notes sur son carnet, d'un air mystérieux.

AH, CES SOURIS INTELLECTUELLES…

On était au cœur de la nuit. Je voulais aller dormir (j'étais épuisé), mais ma sœur ne me le permit pas.

– Je suis venue ici pour photographier un fantôme, et je ne repartirai pas sans mes photos ! Et, tu le sais, c'est la **NUIT** que sortent les fantômes ! Pas à midi !

Traquenard ricana :

– Mais que crois-tu qu'il sache sur les fantômes ?… À mon avis, il s'est gavé de fromage, il a piqué un roupillon, il a fait **UN MAUVAIS RÊVE** et il a imaginé qu'il avait vu un fantôme… D'ailleurs, c'est bien connu, les rongeurs intellectuels dans son genre ont beaucoup (trop) d'imagination, et ils voient donc beaucoup (**trop**) de fantômes...

Je protestai :

– J'en ai vraiment marre. Puisque c'est ça, je vais dormir. Vous, faites ce que vous voulez !

Je me dirigeai d'un pas décidé vers la chambre de Pattaucercueil, entrai et refermai la porte.

Je venais à peine de m'allonger sur le lit quand j'entendis de nouveau un grincement, SCRIIIIIC...

Puis un miaulement...

Le fantôme blanc de Pattaucercueil jaillit de derrière l'étagère des livres !

Il me fit un pied de nez et disparut aussitôt.

Je hurlai de toute la force de mes poumons : – AH SECOUUUUUUUURS !

Ah, j'aurais donné n'importe quoi pour être chez moi !

Quelques secondes plus tard, Téa ouvrait la porte.

– Où est-il ? Où est-il, cette fois ? Hein ?

Je désignai l'étagère, mais... par mille mimolettes, le fantôme avait déjà disparu !

Téa était vraiment hors d'elle :

– Ça suffit, maintenant, Geronimo. J'ai horreur qu'on se moque de moi !

Traquenard recommença :

– Oh, je comprends que Geronimo soit écrivain, il est bourré d'imagination… Il en a même un peu trop !!!

Mais Benjamin me montra une trace de poussière blanche sur le parquet, près de l'étagère des livres. Il y trempa la pointe du doigt et goûta : c'était de la farine !

Benjamin prit encore des notes sur son carnet, d'un air mystérieux.

LA MOMIE
DU SARCOPHAGE

– Il n'est pas question que je dorme dans cette pièce ! décidai-je.

J'attrapai un oreiller et une couverture, et allai m'installer dans l'armurerie.

Là, je m'endormis profondément.

Je ronflais paisiblement, quand j'entendis encore le fameux grincement : SCRIIIIC...

Je me réveillai juste à temps pour percevoir un nouveau bruit, feutré, comme si l'on traînait par terre quelque chose de moelleux.

J'allumai ma bougie.

– Benjamin ? C'est toi, Benjamin ? demandai-je, tout ensommeillé.

Mais personne ne me répondit...

Je levai la bougie, pour mieux voir.

J'écarquillai les yeux.

– Mais c'est… c'est… une… **MOMIE** !!!

Celle-ci avançait, pas à pas.

Derrière elle, je vis un sarcophage ouvert.

– Au secours… au secouuuuuurs !

Ah, j'aurais donné n'importe quoi pour être chez moi !

Je hurlai de toute la force de mes poumons.

Téa arriva aussitôt : je compris qu'elle était en faction dans le couloir.

– Alors, qu'y a-t-il, cette fois ? demanda ma sœur, méfiante.

J'étais sûr de moi et j'annonçai, d'un air triomphant :

– Regarde là… Tu la vois ?

Téa ouvrit grand les yeux et cria :

– Quoi ? Qu'est-ce que je devrais voir ?

Je me retournai, stupéfait.

La momie avançait, pas à pas...

– La momie ! Là, au fond, où il y a des **armures**... Tu ne vois rien ?

Puis je compris que la momie et le sarcophage avaient disparu. Je me précipitai vers l'étagère de livres : rien !

– **Ce n'est pas possible... ce n'est absolument pas possible...** balbutiai-je, confus.

Téa me prit par l'oreille.

– Geronimooooo ! Alors ? D'abord, tu dis que tu as vu un fantôme. Maintenant, c'est une momie... À quoi tu joues ?

Benjamin examina toute la pièce et me montra un petit morceau de papier hygiénique qui était resté accroché à un coin de l'étagère. Puis il prit des notes sur son carnet, d'un air mystérieux.

LA VRAIE MAÎTRESSE
DU CHÂTEAU

J'attrapai mon oreiller, ma couverture et je
m'éclipsai sur la pointe des pattes.

Ah, j'aurais donné n'importe quoi pour être chez moi !
En m'éloignant, j'entendis mon cousin Traquenard qui ricanait :

– Une momie, hein ? Qu'est-ce que Geronimo va
bien pouvoir inventer, la prochaine fois ? Il a
beaucoup (**trop**) d'imagination !

J'avais les moustaches qui se tortillaient de colère.
Comment pouvait-il se permettre de me traiter
d'illuminé ?

Moi, je ne raconte jamais de mensonges !

Ceux qui me connaissent le savent !

Je suis un vrai *noblérat*…

Brandissant le bougeoir, qui projetait de sombres

éclats autour de moi, je remontai tout le couloir.
J'avais les moustaches qui TREMBLAIENT
de peur...

Enfin, je m'introduisis dans une chambre dont
les murs étaient tapissés d'un papier à petites
roses jaunes. Elle était deux fois plus grande
que les autres chambres du château. Le lit à
baldaquin était énorme, les rideaux étaient de
brocart à petites roses jaunes. C'était ravissant :
dommage que le tissu soit tout déchiré...

Dans l'air flottait un vague parfum de rose.

Sur la cheminée, un imposant portrait dans un cadre doré : c'était la marquise *Pattounarde Moustimiaou*, qui souriait, radieuse, entourée de ses enfants, petits-enfants et arrière-petits-enfants. Je regardai autour de moi : on voyait que ç'avait été la chambre de la vraie maîtresse du château. Sur une commode toute vermoulue, un buste de marbre de la marquise, avec l'inscription

LA MARQUISE MÈRE.

Sur la table de nuit, un autre buste, en bronze celui-là, et une petite maquette en argent du château, avec l'inscription « Ici, c'est moi qui commande (c'est-à-dire Maman) ». Aux murs étaient

affichées des lettres écrites à la marquise par les plus importants félins de l'époque : grands-ducs, princes, rois, empereurs.

Toutes les lettres étaient adressées à Excellentissime, Éminentissime, Très Redoutable Marquise Mère Pattounarde Moustimiaou...

J'admirai encore bien des bibelots curieux, comme une petite cage en or et émail, portant l'inscription « à Notre Chère Maman, de la part de ses enfants, petits-enfants et arrière-petits-enfants affectionnés ».

Je vis une splendide couronne en or massif décorée de félins cabrés, sertie de rubis gros

comme l'ongle d'une sou-
ris : la **couronne**
de la marquise !
Parmi tous ces objets
ayant appartenu à la mar-
quise, je remarquai une

petite, une toute petite MINIATURE représentant
un félin maigrichon, qui paraissait très timide.
Son nom était écrit en caractères si petits que
je dus examiner la miniature de très près à la
lumière dc la bougie.
Je lus à haute voix :

MON DÉFUNT MARI,
LE COMTE DÉFÉLUNT DÉFÉLINÉ
(1720-1760)

Hummm, la marquise était veuve, voilà pourquoi elle était la vraie, la seule maîtresse du
château et de cette famille immense et compli-
quée...

Je trouvai aussi un petit oreiller poussiéreux, brodé au petit point, tout décoré de roses jaunes, sur lequel je déchiffrai la phrase :

*Au château,
c'est Maman qui commande...
Filez doux et pas de blagues,
sinon je vous arrache
les moustaches !*

Un mystère
dans le miroir

Je posai le bougeoir sur la commode et me glissai sous la couverture.

Je fermai les yeux, puis essayai de m'endormir, mais une pensée ne cessait de hanter mon esprit : c'était la nuit des sorcières !

Halloween !

Je frissonnai.

Je me dis : « Je ne crois pas à ces superstitions stupides... »

Pour me donner du courage, je répétai à haute voix :

– Je ne crois pas à ces superstitions stupides...

J'entendis un grincement : SCRIIIIC...

Puis une voix miaulante s'exclama :
– Bravo, tu as raison de ne pas croire à ces superstitions stupides !!!

Hi hi hi... hi hi hi... hi hi hi... hi hi hi hi hi hi...

Mon pelage se hérissa de peur.
– Qui... qui est-ce ??? chicotai-je.

Ah, j'aurais donné n'importe quoi pour être chez moi !

Une lumière s'alluma dans le coin le plus **SOMBRE** de la chambre, là où se dressait une bibliothèque bourrée de livres.

Je découvris une silhouette féminine qui portait un chapeau conique. Elle était vêtue d'une longue jupe noire qui descendait presque jusqu'à terre, elle avait aux pieds des chaussures pointues, des bas à rayures blanches et rouges.

Elle serrait un balai contre elle. Et si c'était un balai volant ?

Son chapeau à large bord m'empêchait de bien la voir, mais j'eus la certitude qu'elle avait un museau félin, long et pointu, avec une verrue sur

– *Qui… qui est-ce ??? chicotai-je.*

le bout, et un pelage roux et ébouriffé. J'observai mieux les pattes qui serraient le balai : elles se terminaient par de très longues griffes *effilées*.
Brrrrrrr !
C'était une **SORCIÈRE** !!!

Le miroir, près de moi, refléta clairement son image.

La sorcière ricana et chantonna :

– Sacrifice et maléfice, par mon avarice et mes cicatrices...

Puis elle poursuivit :

– Bien bien bien... J'aperçois ici une souris dodue à la peau lisse... vais-je en faire de la chair à saucisse ? ou un rôti au coulis de cassis ? un bouillon parfumé aux épices ? Je pourrais récupérer sa fourrure pour me faire une pelisse. Avec un collier de ses griffes, j'aurais l'air d'une impératrice ! Ses petites oreilles seront un vrai délice, et avec ses moustaches je me chatouillerai les varices !

Hi hi hi... hi hi hi... hi hi hi... hi hi hi hi hi hi...

Je m'enfonçai aussitôt sous la couverture en hurlant :

– Au secouuuuurs !

Trente secondes plus tard, Téa faisait irruption dans la chambre.

– Alors, tu as vu un fantôme ?

– Non, j'ai vu une **SORCIÈRE** !

– Ce n'est pas grave, une sorcière fera aussi bien l'affaire pour mon scoop. Mais où est-elle ?

Je désignai en tremblant le coin le plus sombre de la chambre, et ma sœur, qui n'a peur de rien et de personne, s'élança, armée de son appareil photo.

– Où te caches-tu ? Allez, sors de là, je veux seulement te prendre en photo... chicota-t-elle d'un ton brusque.

Je la regardai faire, encore à

demi caché sous la couverture, les moustaches tremblant de peur.

Téa fouilla partout, mais elle ne trouva même pas l'**OMBRE** de cette sorcière.

JE T'AIME,
ONCLE GERONIMO !

Ma sœur s'approcha du lit d'un air menaçant.
– Geronimo ! Dis-moi, tu as mangé beaucoup de fromage ce soir ?
Je balbutiai :
– Pas beaucoup, vraiment très peu, je t'assure !
Traquenard apparut à ce moment-là et dit avec un petit sourire :
– Pas beaucoup, tu parles ! À mon avis, il y est allé fort avec le **gruyère** (et tout le monde sait bien que ça reste sur l'estomac), il a fait une indigestion et il s'est mis à rêver n'importe quoi : des fantômes,

des momies, des sorcières, etcætera. Ah, Geronimo est une souris intellectuelle, il a beaucoup (**trop**) d'imagination...

Je protestai :

– Mais puisque je vous dis que je n'ai même pas touché au gruyère !

Traquenard poursuivit avec aplomb :

– Et voilà ! C'est encore pis ! Tu es allé te coucher l'estomac vide et tu as commencé à te retourner dans ton lit, à penser et à réfléchir, et comme tu as beaucoup (**trop**) d'imagination, voilà le résultat...

Benjamin examinait le sol, le tapis et la commode qui se trouvait dans l'angle le plus sombre de la chambre. Il vint près de moi et murmura :

– Dis-moi, tonton, tu es sûr d'avoir vu la sorcière se refléter dans le miroir ?

se refléter dans le miroir

Je m'écriai, exaspéré :

– Oui, j'en suis sûr ! Sûr et certain ! Ar-chi-sûr !
J'espère que, toi au moins, tu vas me croire !

Benjamin me donna un bisou sur la pointe des
moustaches.

– Mais bien sûr, que je te crois, tonton ! Je te
crois toujours ! Je sais que tu ne racontes jamais
de mensonges !

Je le serrai fort contre moi.

– Pardonne-moi, *ma petite lichette d'em-
mental*, mon neveu chéri… Je ne comprends
pas ce qui se passe. Je t'assure que je n'ai rien
inventé du tout.

Benjamin dit tout bas :

– JE TE CROIS, TONTON, JE TE CROIS !

Je remarquai qu'il prenait des notes sur son
carnet, d'un air mystérieux.

Benjamin dit tout bas :
– Je te crois, tonton, je te crois !

PETIT
MAIS VILAIN !!!

Enfin, ils sortirent tous.

Je restai seul dans la chambre, à réfléchir.

Je me répétai :

– Il faut que je reste calme, il n'y a rien d'inquié-tant, tout est normal, **JE CONTRÔLE TOUT !**

Ah, j'aurais donné n'importe quoi pour être chez moi !

C'est alors qu'un drôle de hibou tout gris entra par la fenêtre ouverte et vint se poser sur la cheminée.

Il ouvrit le bec et ulula :

– Eh, toi, tête de reblochon !

Je restai comme une souris abasourdie.

Le hibou se mit à chanter :

– De la sorcière je suis le serviteur,
Je lui obéis à toute heure.
Je suis un hibou apprivoisé,
Je suis un hibou ensorcelé !
Je sais parler, je sais
chanter,
Les formules
magiques réciter.
Je suis le hibou de
la châtelaine.

Je suis une bête petite mais vilaine !!!
Oh, pour toi, quel grand malheur,
Je suis venu pour te faire peur !
Ouhhhh-ouh ! Ouhhhh-ouh ! Ouhhhh-ouh !

Puis il s'envola, dans un grand **TOURBILLON** de plumes.
Tandis qu'il voletait de-ci de-là, j'entendis un drôle de bruit mécanique : **clac clac clac clac clac clac...**
J'aurais voulu crier pour appeler à l'aide, et

d'ailleurs j'avais déjà ouvert la bouche, mais je la refermai brusquement. Je n'avais pas envie qu'on me dise une fois de plus que j'avais tout inventé.

Aussi j'attendis que le hibou s'en aille pour me glisser hors de mon lit.

Je sortis de la chambre et allai chercher Benjamin, le seul qui me croyait.

Mon cher Benjamin !

Lui, au moins, il m'aime !

LE MYSTÈRE
DE LA PLUME DE POULET

Je racontai à Benjamin tout ce qui s'était passé.
Il m'écouta patiemment, sans m'interrompre.
Puis il murmura affectueusement, en m'embrassant :
– Je te crois, tonton !
Il examina soigneusement l'encadrement de la fenêtre et la cheminée.
Il ramassa une plume qui se trouvait sur le tapis près de la cheminée, l'observa avec une loupe et murmura de nouveau :
– Humm, une plume blanche... Sans doute une plume de poulet... mais on l'a **teinte en gris**... Intéressant...
Il demanda :
– Tonton, tu m'as bien dit que tu avais entendu

un drôle de bruit pendant que le hibou
volait ?

clac clac ?

clac clac ?
clac clac ?

Puis il examina les toiles d'araignée enchevêtrées
tout autour de la cheminée et reprit :
– Toutes ces toiles d'araignée, mais pas une seule
araignée... Hummm...
Je remarquai qu'il prenait des notes sur son carnet, d'un air mystérieux.

UN MANTEAU
DE SOIE ÉCARLATE

Le matin avait fini par arriver, mais j'avais terriblement sommeil, car je n'avais pas fermé l'œil de la nuit.

Je décidai donc d'aller dormir. Mais plus dans cette chambre-là… brrrrrrrrr !

Je gravis un escalier qui conduisait à la tour la plus haute. J'ouvris une porte et me retrouvai dans une salle aux murs rouges.

Le plancher avait également été peint en rouge.

Et les rideaux de velours aux fenêtres étaient rouges, comme la couverture de brocart **ancien** sur le lit à baldaquin.

Je me jetai sur le lit. J'étais tellement épuisé que mes yeux se fermèrent aussitôt.

Mais, quelques minutes plus tard, j'entendis un étrange bourdonnement. J'ouvris les yeux et vis des ombres danser sur le plafond voûté...

C'était des **OMBRES** de chauves-souris !

Ah, j'aurais donné n'importe quoi pour être chez moi !

Soudain, une ombre plus grande que les autres s'approcha du lit.

Le bourdonnement continua...

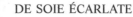

L'ombre déploya ses ailes et je vis une silhouette enveloppée dans un manteau de soie écarlate.
C'était un chat vampire ! Il me sourit, et ses babines découvrirent des dents pointues !

Un Vampireeeeee !

Il disparut en un instant. La porte s'ouvrit et Benjamin entra.
– Tonton ! Oncle Geronimo ! Que s'est-il passé ?

– J'ai entendu un bourdonnement et des ombres de chauves-souris se sont découpées sur le plafond ! Et puis j'ai vu un vampire…
Benjamin était perplexe.

– Hummm, un **bourdonnement** ? Des ombres sur le plafond ?

Puis il regarda par la fenêtre et murmura :

– Un vampire ! Pourtant, le soleil s'est levé depuis un petit moment déjà. Il doit être huit heures du matin.

Il ramassa un fil électrique qui traînait par terre.

– Hum, tiens tiens tiens, un fil et une prise électrique…

Je vis qu'il prenait des notes, d'un air mystérieux, sur son carnet.

UN FIL ET UNE PRISE ÉLECTRIQUE…

CHERS AMIS RONGEURS… AVEZ-VOUS COMPRIS ???

J'avais encore sommeil, mais j'avais compris quelque chose : il me serait impossible de fermer l'œil dans ce château !

Je poussai un **soupir**, me levai définitivement et descendis l'escalier, suivi de Benjamin. C'est alors que, sur une marche, je découvris

une étiquette portant une inscription. Je la ramassai et l'examinai avec Benjamin. Quelques lettres étaient effacées. La voici :

A_ R_T FARC_UR
MAGAS__ DE F_CES
ET ATT_.PES
POUR LE C_RNAV_L
ET HALL_W_EN

Benjamin me regarda dans les yeux et dit :

– Tonton, est ce que tu penses ce que je pense ?

Je murmurai :

– Oui, mon neveu ! Moi aussi, j'ai un **Soupçon**...

Benjamin sortit de sa poche le carnet sur lequel il avait pris toutes ses notes et déclara :

– Commençons par le commencement. Examinons d'abord le plan du château de Moustimiaou. On note tout de suite que les esprits ne se sont matérialisés qu'à proximité des rayonnages de livres...

CHERS AMIS RONGEURS, CHERS LECTEURS, AVEZ-VOUS, VOUS AUSSI, DEVINÉ LA VÉRITÉ ? REPENSEZ À CE QUE VOUS AVEZ LU JUSQU'À PRÉSENT. DANS LES PAGES SUIVANTES, NOUS ALLONS VOUS RÉVÉLER LA SOLUTION DU MYSTÈRE !!!

Plan du château de Moustimiaou
1. *Statues des félins cabrés*
2. *Vestibule*
3. *Salle de bal*
4. *Terrasse*
5. *Donjon*
6. *Jardin*
7. *Potager*
8. *Serre*
9. *Escalier*
10. *Cuisine*
11. *Tour*
12. *Bibliothèque*
13. *Escalier conduisant à l'étage supérieur*
14. *Armurerie*
15. *Chambre de Pattaucercueil Moustimiaou*
16. *Salle dans laquelle Pattaucercueil faisait ses expériences magiques*
17. *Chambre de la Marquise Mère Pattounarde Moustimiaou*
18. *Chambre de Pattelongue Moustimiaou*
19. *Chambre de Patterose Moustimiaou*

LA SOLUTION
DU MYSTÈRE

Nous appelâmes Téa et Traquenard.
Nous nous réunîmes dans la bibliothèque.
Je pris la parole en premier :
– Benjamin et moi avons découvert la solution de ce **mystère**. Nous allons récapituler, en commençant par le commencement :

1 Je découvre un squelette de rat accroché dans l'armoire de la cuisine. Lorsque Téa arrive, le squelette a disparu, mais nous trouvons, dans l'armoire, un clou mystérieux...
auquel était probablement accroché le squelette !!!

2 Le fantôme apparaît pour la première fois dans la bibliothèque, derrière un rayonnage.

Quand le fantôme apparaît et disparaît, on entend un grincement : *scriiiiic...* **comme si l'on ouvrait une porte dérobée !!!**

3 En montant l'escalier, je remarque que le portrait de Pattaucercueil semble me suivre du regard. En effet, le tableau a deux trous à la place des yeux : **quelqu'un était en train de m'observer !!!**

4 Le fantôme apparaît de nouveau, dans le laboratoire de Pattaucercueil : **il ne se manifeste que près des rayonnages de livres, car c'est là que se dissimulent les passages secrets qui lui permettent d'apparaître et de disparaître comme par enchantement !!!**

5 Le fantôme apparaît encore une fois, dans la bibliothèque. Benjamin remarque des traces par terre, comme si des chaînes avaient laissé des rayures sur le parquet... **mais si c'était un vrai fantôme, il ne laisserait pas de trace !!!**

6 Le fantôme apparaît encore, en jaillissant de derrière des rayonnages de livres... **mais, cette fois, nous découvrons de la farine par terre !!!**

7 Une momie apparaît dans l'armurerie. Benjamin trouve un petit morceau de papier hygiénique accroché à une étagère de livres. **Qui a bien pu s'envelopper dans du papier hygiénique pour se déguiser en momie ?**

8 Une sorcière apparaît dans le miroir de la chambre de Pattounarde. Mais, attention... **les miroirs ne peuvent pas refléter l'image d'une vraie sorcière !!!**

9 Un hibou magique apparaît... mais pourquoi entend-on « clac clac » quand il bat des ailes ? Et pourquoi avons-nous trouvé par terre une plume de poulet teinte en gris ? **Parce que, en réalité, il s'agit d'un hibou mécanique !!!**

10 Des ombres de chauves-souris, puis un vampire apparaissent... mais pourquoi ce bourdonnement bizarre ? **Parce que ce sont des images projetées sur le mur !!!**
Et cela explique aussi que nous ayons trouvé un fil électrique par terre ! D'ailleurs, si c'était un vrai vampire, **comment se fait-il qu'il n'ait pas disparu après le lever du soleil ???**

11 Enfin, nous avons trouvé une drôle d'étiquette par terre. Essayez de compléter les lettres qui manquent :

A_ R_T FARC_UR
MAGAS__ DE F__CES
ET ATT__PES
POUR LE C_RNAV_L
ET HALL_W_EN

AU RAT FARCEUR
MAGASIN DE FARCES
ET ATTRAPES
POUR LE CARNAVAL
ET HALLOWEEN

Vous avez compris, maintenant ? Quelqu'un s'est procuré des accessoires et des effets spéciaux pour nous faire croire que le château est hanté. Il ne nous reste plus qu'à découvrir **qui** a fait cela et **pourquoi** !!!

TU JOUES
À QUEL JEU ?

Traquenard s'écria :

– *Quoi ?* **Quoi ?** **Quoi ?** Tu veux dire qu'il y a quelqu'un qui, depuis le début, cherche à nous emberlificoter ? Si j'attrape cette demi-portion de souris, ce rat d'égout, ce rat de laboratoire, je lui arrache les moustaches poil après poil, je lui mordille l'oreille, je lui fais des nœuds à la queue !!!

Téa marmonna :

– Il ne sera pas facile de coincer ce rongeur futé... Il disparaît toujours à la *vitesse de la lumière* !

C'est alors que j'entendis un bruit derrière le rayonnage des livres d'histoire.

– Cette fois, tu ne m'échapperas pas ! m'exclamai-je en bondissant.

Je poussai un cri... mais de stupeur, cette fois, pas de peur.

En effet, il y avait bel et bien quelqu'un derrière le rayonnage, mais ce n'était pas une souris : c'était un chat !!!

Un tout petit chat, minuscule, à peine plus grand que Benjamin.

Traquenard l'attrapa par la queue et couina :

– Alors, tu joues à quel jeu ? Hein ?

Le chaton miaula, épouvanté :

– Euh, vraiment, je...

PATTOUNET
ET PATTINETTE

Le minet murmura :

– Je suis navré de vous avoir effrayés. Mais j'y suis obligé ! Voilà longtemps que je fais croire que le château est hanté, afin que personne ne s'en approche…

– Quoiiii ? Explique-nous ça ! dit Téa.

Le chaton poursuivit :

– Je m'appelle Pattounet Moustimiaou. Ma sœur Pattinette et moi-même sommes les derniers descendants de la famille Moustimiaou. Depuis que nous nous sommes retrouvés seuls, nous avons connu bien des difficultés : le château est grand et nous devons l'entretenir. Il faudrait changer les tuiles du toit, repeindre les murs, réparer les fenêtres… mais nous n'avons pas les moyens ! Si vous saviez le nombre de

personnes qui ont voulu nous l'acheter. Il y en a même qui nous ont menacés, en profitant de ce que nous sommes petits. Mais nous ne voulons pas vendre notre château de famille ! Nous espérions que, avec cette histoire de **fantômes**, les gens se tiendraient à l'écart…

Je m'éclaircis la voix :

– Avant toute chose, je me présente : mon nom est Stilton, *Geronimo Stilton*…

Puis je lui posai une patte sur l'épaule.

– Pattounet, tu m'as vraiment fait très peur, mais, maintenant, je comprends pourquoi. Tu peux compter sur moi : je prends toujours la défense de ceux qui sont petits et ont besoin d'aide !

Téa suggéra à Pattounet :

– J'ai une idée : pourquoi ne pas transformer le château en musée-parc d'attractions ? Les gens adoreront visiter le salon, l'armurerie, admirer les tableaux…, mais aussi éprouver le frisson de décou-

vrir une sorcière, une
momie, un vampire...
Le chaton était enthou-
siaste.
– Génial ! Ce serait fan-
tastique !
Puis il se tourna vers moi.
– Mais... tu m'aiderais ?
me demanda-t-il timide-
ment.
Je caressai ses petites
oreilles.
– Bien sûr que je t'aide-
rai. Pourquoi ne vas-tu
pas chercher ta petite
sœur ?
Il retira un livre d'un
rayonnage et, soudain,
l'étagère pivota sur elle-
même, dévoilant un pas-
sage secret !

... L'ÉTAGÈRE PIVOTA
SUR ELLE-MÊME,
DÉVOILANT UN
PASSAGE SECRET !

– Vous comprenez maintenant comment nous faisons pour apparaître et disparaître en quelques secondes ? Grâce à ces passages secrets dissimulés derrière les rayonnages ! expliqua-t-il, tout fier.

Une petite **Chatte** au pelage couleur de miel sortit du passage secret : elle ressemblait beaucoup à Pattounet.

– Bonjour, je suis Pattinette Moustimiaou, miaula-t-elle, très bien élevée.

– TU ME FAIS VISITER TON CHÂTEAU ? lui demanda Benjamin.

– Volontiers, répondit-elle. C'est si bon d'avoir des amis ! Tu sais, Pattounet et moi, nous vivons tout seuls, dans ce **château**...

Je chicotai :

– Je vais vous aider à résoudre vos problèmes ! Parole de rongeur !

Puis je souris à Pattounet.

– Ce n'est pas si grave si tu es un chat et moi, une souris… Qui a dit que les félins et les rongeurs ne pouvaient pas être amis ?

Je vis Benjamin et Pattinette aller prendre un goûter à la cuisine, en se tenant par la patte et en discutant gaiement.

Oui, qui a dit que les chats et les souris ne pouvaient pas être amis ? Ce serait si beau si tout le monde s'aimait, si nous étions tous *gentils* les uns avec les autres. Ce serait un monde merveilleux, un monde plus heureux... Peut-être un jour, qui sait ??? Après tout, cela ne dépend que de nous...

LA NUIT
DE HALLOWEEN,
UN AN PLUS TARD !!!

Il s'est écoulé une année jour pour jour depuis cette magique nuit de halloween, et, depuis, il s'est passé tant de choses…

Le château de Moustimiaou a été complètement restauré : chaque jour, les gens font la queue pour visiter la galerie des précieux portraits d'ancêtres, la splendide armurerie, l'immense salle de bal aux murs peints de magnifiques fresques…

… mais surtout pour assister aux incroyables effets spéciaux inventés par Pattounet : le fantôme de Pattaucercueil Moustimiaou, la momie, la sorcière, le vampire !!!

Pattounet et Pattinette Moustimiaou sont  heureux.

Ah, à propos : ils sont devenus les meilleurs amis de Benjamin !

Je disais donc que, aujourd'hui, c'est le 31 octobre. Ce soir, c'est la nuit de *halloween*, la nuit des sorcières !

Nous sommes allés en famille au château de Moustimiaou pour y passer cette nuit magique. Benjamin vient juste de me dire :

– Tonton, on va bien s'amuser ! Pattounet a préparé plein de nouveaux effets spéciaux : des squelettes fluorescents, des fantômes sans tête, des chats-garous...

Je souris et fais comme si de rien n'était, mais (je peux bien vous le dire, à vous) j'ai un peu la frousse...

Je ne suis pas une souris très courageuse...

Ah, je donnerais n'importe quoi pour être chez moi !

Table des matières

Geronimo Stilton

DANS LA MÊME COLLECTION

L'ÉCHO DU RONGEUR
1. Entrée
2. Imprimerie (où l'on imprime les livres et le journal)
3. Administration
4. Rédaction (où travaillent les rédacteurs, les maquettistes et les illustrateurs)
5. Bureau de Geronimo Stilton
6. Piste d'atterrissage pour hélicoptère

Sourisia, la ville des Souris

1. Zone industrielle de Sourisia
2. Usine de fromages
3. Aéroport
4. Télévision et radio
5. Marché aux fromages
6. Marché aux poissons
7. Hôtel de ville
8. Château de Snobinailles
9. Sept collines de Sourisia
10. Gare
11. Centre commercial
12. Cinéma
13. Gymnase
14. Salle de concert
15. Place de la Pierre-qui-Chante
16. Théâtre Tortillon
17. Grand Hôtel
18. Hôpital
19. Jardin botanique
20. Bazar des Puces qui boitent
21. Parking
22. Musée d'art moderne
23. Université et bibliothèque
24. La Gazette du rat
25. L'Écho du rongeur
26. Maison de Traquenard
27. Quartier de la mode
28. Restaurant du Fromage d'Or
29. Centre pour la Protection de la mer et de l'environnement
30. Capitainerie du port
31. Stade
32. Terrain de golf
33. Piscine
34. Tennis
35. Parc d'attractions
36. Maison de Geronimo Stilton
37. Quartier des antiquaires
38. Librairie
39. Chantiers navals
40. Maison de Téa
41. Port
42. Phare
43. Statue de la Liberté

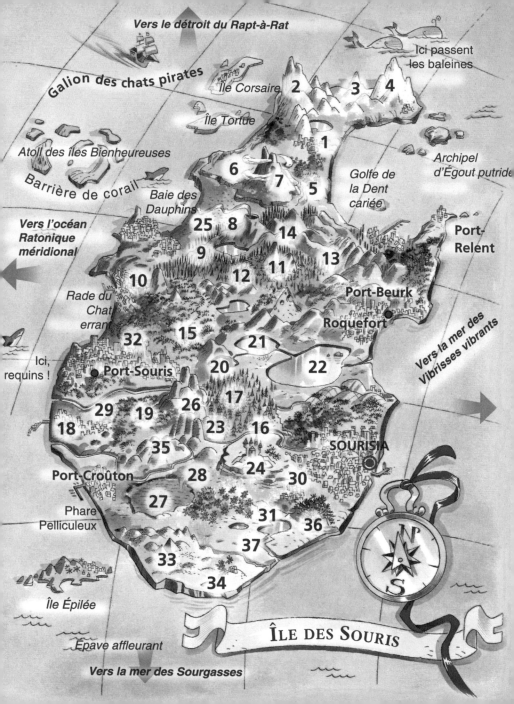

Vers le détroit du Rapt-à-Rat

Ici passent les baleines

Galion des chats pirates

Île Corsaire

2

3   4

Île Tortue

1

Atoll des îles Bienheureuses

Archipel d'Égout putride

Barrière de corail

6

7

5

Baie des Dauphins

Golfe de la Dent cariée

Vers l'océan Ratonique méridional

25   8

14

Port-Relent

9

13

12

11

10

Rade du Chat errant

15

Port-Beurk

Roquefort

32

21

Ici, requins !

20

22

Port-Souris

Vers la mer des Vibrisses vibrants

29   19

26

17

18

23   16

35

SOURISIA

28

24   30

Port-Croûton

27

Phare Pelliculeux

31

36

37

33

N

34

Île Épilée

S

ÎLE DES SOURIS

Épave affleurant

Vers la mer des Sourgasses

Île des Souris

1. Grand Lac de glace
2. Pic de la Fourrure gelée
3. Pic du Tienvoiladéglaçons
4. Pic du Chteracontpacequilfaifroid
5. Sourikistan
6. Transourisie
7. Pic du Vampire
8. Volcan Souricifer
9. Lac de Soufre
10. Col du Chat Las
11. Pic du Putois
12. Forêt-Obscure
13. Vallée des Vampires vaniteux
14. Pic du Frisson
15. Col de la Ligne d'Ombre
16. Castel Radin
17. Parc national pour la défense de la nature
18. Las Ratayas Marinas
19. Forêt des Fossiles
20. Lac Lac
21. Lac Lac Lac
22. Lac Laclaclac
23. Roc Beaufort
24. Château de Moustimiaou
25. Vallée des Séquoias géants
26. Fontaine de Fondue
27. Marais sulfureux
28. Geyser
29. Vallée des Rats
30. Vallée Radégoûtante
31. Marais des Moustiques
32. Castel Comté
33. Désert du Souhara
34. Oasis du Chameau crachoteur
35. Pointe Cabochon
36. Jungle-Noire
37. Rio Mosquito

Au revoir, chers amis rongeurs, et à bientôt
pour de nouvelles aventures.
Des aventures au poil, parole de Stilton, de…

Geronimo Stilton